DIVISÃO AZUL

um agente infiltrado

Divisão Azul: um agente infiltrado
Título original: *División Azul*
Copyright © Fran Jaraba
Copyright © 2022 Palavras Projetos Editoriais Ltda.

Responsabilidade editorial:
Ebe Spadaccini

Coordenação editorial:
Vivian Pennafiel

Edição de arte e texto:
Caraminhoca

Revisão:
Camila Lins
Marcelo Nardeli
Sandra Garcia Córtes
Simone Garcia

Material Digital do Professor:
Barbara Monfrinato (edição de texto)
Renata Milan (projeto gráfico)

Assessoria pedagógica:
Francisley Dias
Geruza Zelnys de Almeida
Eduardo Guimarães

Dados Internacionais de Catalogação na Publicação (CIP) de acordo com ISBD

J37d   Jaraba, Fran

        Divisão Azul: um agente infiltrado / Fran Jaraba; ilustrado por Fran Jaraba; traduzido por Graciela Foglia, Ivan Martin. - 2. ed. - São Paulo: Palavras Projetos Editoriais, 2022.
        72 p.: il.; 20,5cm x 27,5cm.

        Título original: División azul
        ISBN: 978-65-88629-59-8
        1. História em quadrinhos. 2. Romance gráfico. 3. Ficção. 4. Divisão. 5. Guerra. 6. Espionagem. I. Foglia, Graciela. II. Martin, Ivan. III. Título.

        CDD 741.5
2021-683   CDU 741.5

Elaborado por Vagner Rodolfo da Silva – CRB-8/9410

Índice para catálogo sistemático:
1. História em quadrinhos 741.5
2. História em quadrinhos 741.5

Todos os direitos reservados à
Palavras Projetos Editoriais Ltda.
Rua Pe. Bento Dias Pacheco, 62, Pinheiros
CEP. 05427-070 – São Paulo - SP
Telefone: +55 11 3673-9855
www.palavraseducacao.com.br
faleconosco@palavraseducacao.com.br

um agente infiltrado

Fran Jaraba

Tradução: Graciela Foglia e
Ivan Martin

2ª edição – São Paulo – SP – 2022

Divisão Azul: contexto histórico

Em junho de 1941, Adolf Hitler (1889-1945), o líder da Alemanha nazista na Segunda Guerra Mundial, determinou a invasão da União Soviética, rompendo o pacto de não agressão que havia firmado com o líder comunista, Josef Stalin (1878--1953), em 1939. Na Espanha, a notícia foi recebida com entusiasmo por aqueles que tinham vencido a Guerra Civil (1936-1939) e que viam a Alemanha como um novo e invencível império, capaz de barrar o avanço comunista.

O governo espanhol, porém, não podia entrar na guerra como aliado da Alemanha, pois o país se declarara nação não beligerante e se encontrava esgotado após a guerra civil que deixara cerca de um milhão de mortos. Nesse contexto, surgia a *Divisão Azul*, grupo de voluntários espanhóis organizado em um destacamento para reforçar o exército alemão em seu avanço rumo a Moscou.

O recrutamento desses voluntários foi feito em meio a grande euforia. O primeiro contingente de 16 mil soldados voluntários partiu em julho de 1941 e seria seguido por tantos outros: segundo estimativas, passaram pela *Divisão Azul* 47 mil indivíduos, mais da metade dos voluntários europeus que reforçaram o exército alemão.

Sobre as operações bélicas da *Divisão Azul* em território russo, podemos encontrar muita informação nas enciclopédias. Ao contrário do que se imagina, não era um destacamento motorizado. Com apenas alguns caminhões para administração, era *hipomóvel*, com as peças de artilharia sendo movidas por cavalos e mulas.

Outro mito aponta que a *Divisão Azul* era colocada em luta entre os alemães e os soviéticos, usada assim como uma espécie de *bucha de canhão* para enfraquecer o opositor. Não foi assim: o batalhão operava sempre sob o comando espanhol e agia em paralelo com outras divisões alemãs. Em fevereiro de 1943, na Batalha de Stalingrado, uma das mais sangrentas dessa guerra, a *Divisão Azul* começou a atuar na defensiva, até que em outubro se retirou da frente de batalha.

Ficou então estacionada perto de Berlim até dezembro daquele ano, quando começou a ocorrer o repatriamento pela fronteira da cidade espanhola de Irun. No entanto, cerca de dois mil homens permaneceram na chamada *Legião Azul* até março de 1944. Desses, aproximadamente quatrocentos se alistaram depois na *Nova Legião* e várias dezenas ingressaram na polícia política alemã e participaram, até maio de 1945, na última e desesperada defesa de Berlim.

Estima-se que o saldo de toda a *Divisão Azul* seja de cerca de 8 mil mortos, 11 mil feridos, mais de 2 mil mutilados e 572 prisioneiros — sendo que, desses, 286 sobreviveram a quase 13 anos de prisão soviética, conquistando anistia apenas depois da morte de Josef Stalin, em 1953. Assim, as últimas fileiras da Divisão só voltaram para casa três meses antes de Elvis Presley gravar seu primeiro *single*, em 1954. O mundo já era outro.

O PROJETO URÂNIO

O fim da Segunda Guerra Mundial marca a entrada da humanidade nos conflitos atômicos. As pesquisas que desenvolveram a tecnologia desse armamento estavam assim a todo vapor enquanto o conflito se desenrolava. Na Alemanha, o nome do projeto secreto que desenvolveu essa tecnologia era *Projeto Urânio*. Fora ativado em 1939, no mesmo ano em que a Segunda Guerra Mundial começou e poucos meses depois que o físico alemão Otto Hahn (1879-1968) descobriu que a fissão nuclear era possível.

Esse projeto, ligado ao departamento de produção de armamentos, tinha como objetivo pesquisar sobre a possibilidade de usar em cadeia a reação que se produz após a fissão nuclear, obtendo um poder de destruição até então inimaginável. Seria, acreditava-se, uma arma definitiva. Três equipes trabalharam paralelamente: a primeira realizava pesquisas para obter um reator de motor submarino.

O segundo grupo desenvolveu a separação do Urânio 235 (U235) com uma técnica de centrifugação do hexafluoreto de urânio. A terceira equipe era controlada pela SS, a polícia do governo nazista. Seu chefe, Heinrich Himmler, era o único a conhecer a pesquisa em sua íntegra. Alguns historiadores afirmam que o desenvolvimento da bomba estava bem próximo quando o nazismo foi derrotado.

A principal diferença entre as pesquisas alemãs e as do Projeto Manhattan, desenvolvido pelo governo dos Estados Unidos com o mesmo objetivo, era o método de centrifugação de urânio. Aquele utilizado pelos alemães era bem mais rápido e só foi obtido pelos estadunidenses após a captura dos cientistas alemães que participaram do Projeto Urânio.

Detidos em um prédio chamado *Farm Hall*, perto de Cambridge, foram colocados microfones ocultos nas salas em que estavam esses cientistas, para gravar suas conversas que, uma vez transcritas, eram enviadas ao diretor militar do Projeto Manhattan. Entre os detidos estava Otto Hahn, o pai da fissão nuclear, que durante a prisão caiu em profunda depressão após ver sua descoberta culminar nos ataques de Hiroshima e Nagasaki, feitas pelos Estados Unidos.

Os soviéticos, que não tinham seu projeto nuclear tão avançado, conseguiram a bomba atômica em 1949, dando o tom à Guerra Fria que marcaria o mundo nas décadas seguintes. Para isso, foi fundamental os documentos que obtiveram no Instituto de Pesquisa Atômica ao ocupar Berlim antes dos Estados Unidos: o material ali encontrado foi enviado para Moscou sem perda de tempo. Pequenos detalhes que escreveram a História!

1
Berlim

*N. do E.: Ocorrido na Espanha entre 1936 e 1939, o conflito opôs *republicanos* (identificados com o socialismo) e *nacionalistas* (próximos ao fascismo). Vencida pelos últimos, estima-se que a guerra fez mais de um milhão de mortos.

**N. do T.: No original, "¡¡¡Arriba España!!!", expressão utilizada pelos nacionalistas durante a Guerra Civil e o franquismo.

*N. do E.: *Mein Kampf* (Minha Luta) é o livro escrito por Adolf Hitler. O livro tornou-se um guia ideológico e de ação para os nazistas.

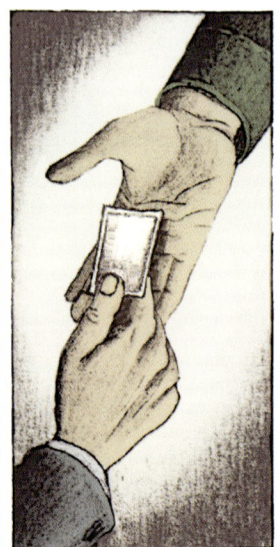

4
Compostela

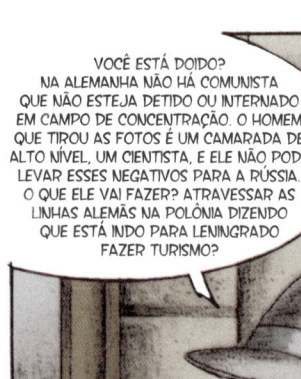

5
Grafenwöhr

*N. do E.: "Rojo" em espanhol significa "vermelho", cor da bandeira comunista.

*N. do T.: Aviões soviéticos utilizados pelos republicanos durante a guerra civil espanhola.

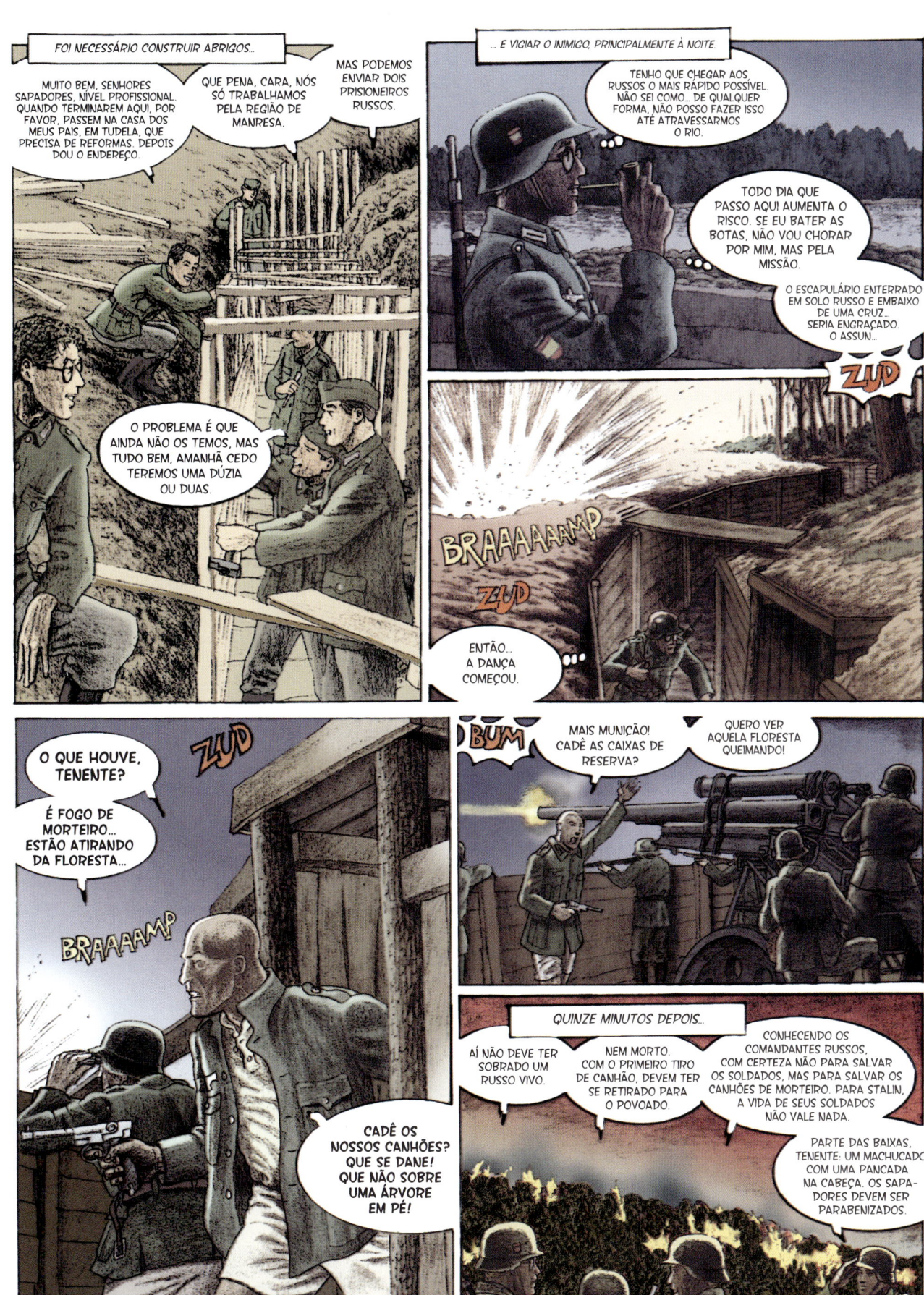

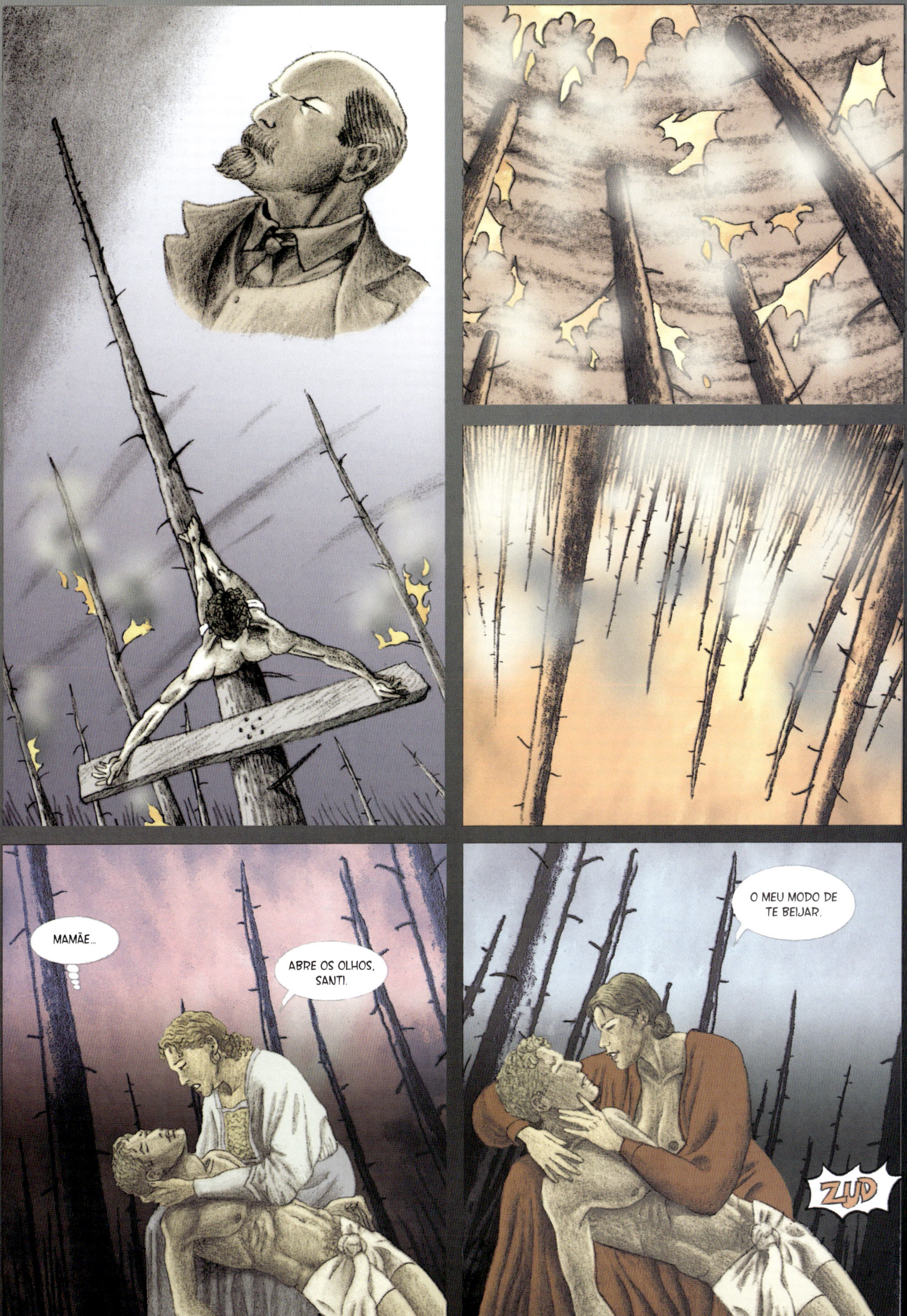
MAMÃE...
ABRE OS OLHOS, SANTI.
O MEU MODO DE TE BEIJAR.
ZUD

BRAAAAM!

— O QUE HOUVE?

— NADA, TALVEZ OS RUSSOS TENHAM ACABADO DE TOMAR O CAFÉ DA MANHÃ.

— NOSSA! DORMI... ESTE COBERTOR É SEU?

— NÃO IA DEIXAR VOCÊ GRIPAR, PARECIA TÃO CONFORTÁVEL RONCANDO... QUANDO VOCÊ APRENDERÁ A DORMIR À NOITE?

— ESCUTA, IMAGINO QUE TENHAM OUVIDO LÁ EMBAIXO, MAS VOU AVISAR O TENENTE. VOCÊ FICA AQUI COM OS BINÓCULOS.

— SE TIVER ALGUM MOVIMENTO DE TROPAS, DESÇA PRA AVISAR.

— PODE FICAR TRANQUILO... E OBRIGADO POR ME DEIXAR DORMIR, ESTAVA PRECISANDO.

É A MINHA CHANCE.

A BANDEIRA BRANCA JÁ ESTÁ PRONTA. ESPERO QUE OS RUSSOS DISTINGAM BEM AS CORES.

VAMOS, SANTI. AGORA FARÁ UM POUCO DE MONTANHISMO... AINDA BEM QUE É LADEIRA ABAIXO.

— CRUZEI COM ELES, ESTAVAM SUBINDO A PASSO RÁPIDO... EI, O QUE VOCÊ ESTÁ FAZENDO NU?

— SANTI!!!

DROGA, É A VOZ DO RAFA.

— NADA, OS PERCEVEJOS ESTÃO ME COMENDO VIVO.

— ENTÃO VISTA-SE RÁPIDO, QUE ASTORGA ESTÁ VINDO E VAI TE DAR UMA BAITA BRONCA.

— TODO MUNDO CORPO AO CHÃO!!! QUEM NÃO ESTIVER GRUDADO NO CHÃO, VAI LEVAR PORRADA!

BRAAAAAAAMP
NÃO ME VENHAM COM MORTEIROS, VERMELHOS... ESPEREM AS MULAS TERMINAREM DE TRAZER OS CANHÕES E VOCÊS VÃO VER O QUE ACONTECE.
SEXTA COMPANHIA, FAÇA CORPO AO CHÃO, A INTERVALOS DE UM METRO, E ATIRE SEM PARAR NA FLORESTA.
QUINZE MINUTOS DEPOIS...
NOSSAS BATERIAS JÁ ESTÃO COLOCADAS NOS DOIS LADOS. ÀS 11H55, COMEÇARÃO A ESMAGAR A FLORESTA. FALTAM DOIS MINUTOS. ÀS 12H15, DESCEMOS, TERMINAMOS A LIMPEZA E SEGUIMOS EM DIREÇÃO AO POVOADO.
NÃO VAMOS BOMBARDEAR, TENENTE?
MELHOR NÃO. CERTAMENTE AINDA HÁ CIVIS. E, ALÉM DISSO, QUEREMOS O POVOADO, NÃO SUAS CINZAS.
QUINZE MINUTOS DEPOIS...
OS RUSSOS ESTÃO DEIXANDO A FLORESTA, MAS NÃO ESTÃO INDO PRO POVOADO. ESTÃO INDO EMBORA. TAMBÉM VEJO CIVIS INDO EMBORA... ESTÃO ENTREGANDO O LUGAR.
BUM
NÃO CONFIE, TENENTE. PODE SER UMA ARMADILHA. NÃO SABEMOS QUANTAS TROPAS ESTÃO CONCENTRADAS ALÉM DO POVOADO, NEM ONDE ESTÃO.
SE FÔSSEMOS ALEMÃES, ENVIARÍAMOS ALGUMA STUKA PARA FAZER UM RECONHECIMENTO AÉREO, MAS TEMOS O QUE TEMOS... NO MÁXIMO PODERÍAMOS ENVIAR DUAS MULAS VOADORAS...
QUANDO O BOMBARDEIO TERMINA, OS HOMENS COMEÇAM A DESCER.
QUEM CAIR VAI LEVAR UMA SURRA. LIMPEM DE RUSSOS A FLORESTA... E ACABEM COM OS FERIDOS QUE HOUVER. A SEXTA NÃO FAZ PRISIONEIROS.
DESGRAÇADO!!! PRO QUINTO DOS INFERNOS!
VEJO ALGO ALI. VOU ME APROXIMAR ANTES QUE ALGUÉM O FAÇA.
HÁ OUTRO POR ALI. É MEU!
TODO SEU, SANTI.
DESCULPE, RAPAZ, COM ESSA FERIDA NO ESTÔMAGO, VOCÊ NÃO DURARIA MUITO.

TRANQUILO, CAMARADA, SOU COMUNISTA. NÃO VOU TE MATAR... DISPARAREI PRO CHÃO.
VOCÊ FALA RUSSO?
UM POUCO... TE DEIXO AQUI... ESTA TARDE OS TEUS CAMARADAS DO SOCORRO MÉDICO VÊM TE BUSCAR COM UMA BANDEIRA BRANCA.
NÃO AGUENTO ATÉ À TARDE, TENHO UMA BALA NAS COSTAS. ESTOU SANGRANDO POR DENTRO. MINHA BARRIGA DÓI MUITO.
VOCÊ VAI FICAR BOM, FARÃO UMA TRANSFUSÃO.
VOCÊ É IDIOTA OU O QUÊ? O SANGUE É PARA OS OFICIAIS... ALÉM DISSO, NÃO AGUENTO MEIA HORA. ME MATE.
NÃO VOU TE MATAR, CAMARADA. AGUENTE, VOCÊ CONSEGUE VIVER.
SE NÃO QUER ME MATAR, PASSE A PISTOLA DO TENENTE... VOU ME DAR UM TIRO NA CABEÇA.
NÃO TENTE ATIRAR CONTRA MIM, CAMARADA.
ESPANHOL IDIOTA. SE DIZ COMUNISTA MAS ESTÁ SURDO. EU DISSE QUE VOU DAR UM TIRO NA MINHA CABEÇA.

41

TAMBÉM NÃO SABEMOS SE AS TROPAS RUSSAS, QUE AO QUE PARECE SE RETIRARAM, TENTARÃO UM CONTRA-ATAQUE, NEM QUANDO. CASO TENHAM EFETIVOS SUFICIENTES, É POSSÍVEL QUE ATAQUEM IMEDIATAMENTE, NA TENTATIVA DE SEPARAR OS NOSSOS DOIS BATALHÕES ANTES QUE TENHAM PASSADO COMPLETAMENTE.
CASO ISSO ACONTEÇA, NÃO SE PREOCUPEM... O TERCEIRO BATALHÃO, QUE FICA NA RESERVA, ROMPERÁ SUAS LINHAS EM POUCOS MINUTOS. ISSO É CERTO.
HAHA! A MIM A LEGIÃO!
A PROPÓSITO, CAPITÃO ASTORGA, A PARTIR DE AGORA O SENHOR ESTÁ EXONERADO DO COMANDO. O TENENTE BENÍTEZ FICA À FRENTE DA SEXTA. QUANDO TOMARMOS O POVOADO, O SENHOR SERÁ SUBMETIDO AO CONSELHO DE GUERRA.
A SEXTA COMPANHIA, SIM, FAZ PRISIONEIROS... E OS LEVA AO HOSPITAL DE CAMPANHA PARA SEREM ATENDIDOS.
MAS...
ENQUANTO ISSO VOCÊ PRESTARÁ SERVIÇO NOS ALOJAMENTOS. VOLTE AO PONTO DE PARTIDA E PROCURE PELOS MULEIROS.
SE SOUBÉSSEMOS ANTES, NÃO PASSARÍAMOS VERGONHA... LIQUIDEM OS FERIDOS...
"A VIDA É UMA HISTÓRIA CONTADA POR UM BURRO, CHEIA DE RUÍDO E FÚRIA...
... E QUE NÃO SIGNIFICA NADA".
VEJA SÓ, TAMBÉM LEU SHAKESPEARE.
MAS EU CREIO EM DEUS.
EU TAMBÉM, RAFA, EU TAMBÉM.
NÃO SE VÊ ALMA VIVA.
NÃO SEI O QUE ESPERAMOS AQUI QUIETOS, ENCHARCANDO OS FUNDILHOS NA VALETA.
OLHA SÓ, FLORI, MAIS VALE UM FUNDILHO ENCHARCADO DO QUE CEM VOANDO.
EI, SANTI, NÃO TOMOU A MEDICAÇÃO OU O QUÊ?
NÃO ERA ASSIM O DITADO?
ATENÇÃO, COMPANHIA. DÁ PRA VER UMA BANDEIRA BRANCA, MAS NÃO É PRA SE FIAR. QUANDO SOAR A CORNETA DA QUINTA, COMEÇAMOS A NOS APROXIMAR. CAMINHEM DEVAGAR E SEPARADOS.

7
Krastno

MEU TENENTE, OS RUSSOS!!!
À DIREITA, ESTÃO SAINDO DO BOSQUE!!!
VIRGEM MARIA, ME ILUMINA.
ADIANTE!!! CORPO NO CHÃO E ABRIR FOGO!!!
MORTEIROS!!! MEU TENENTE, VÃO NOS TRUCIDAR!
CRAVADOS NO CHÃO!!! RESISTINDO!!!
EI, SANTI, ALGUMA VEZ VOCÊ DANÇOU UMA CONGA?
MUITAS VEZES... MAS, FLORI, O QUE TEM A VER A CONGA AGORA?
NADA, MAS É QUE O RECUO DESTE RIFLE ME BATE NA CARA E QUANDO DOU MAIS DE VINTE OU TRINTA DISPAROS DIGO BOBAGENS.
AAAAAAAAH!!!
MEU TENENTE, HÁ FRANCO-ATIRADORES NOS TELHADOS.
AGUENTEM, AGUENTEM... JÁ ESTÁ CHEGANDO O TERCEIRO BATALHÃO. ASSIM QUE PASSAR, ENTRAMOS NO POVOADO.
NÃO SE MOVAM, RAPAZES, ESTÁ PASSANDO O TERCEIRO REGIMENTO.
CARDÁPIO DE HOJE: SALADA RUSSA.
VIVA A LEGIÃO!!!
DE PÉ!!! AO POVOADO, PASSO LIGEIRO!!!
CASA POR CASA E TELHADO POR TELHADO!!!

- RAFA E SANTI, NÃO SE SEPAREM DE MIM!
- VOCÊ MANDA, MEU FLORI.

- AVÓ E SAMOVAR.

AQUI ESTÁ PERIGOSO, DESÇAM COM A AVÓ.
COTROC
SANTI, PRECISAMOS DE VOCÊ.
PAC
PACPAC
PAC
PAC
PACPAC
NÃO ACERTAMOS... OUÇAM MINHA IDEIA: SANTI, VOCÊ, QUE É O MAIS ALTO, VAI...
CRRRAAAC
PAC

... SETE E OITO. DESCULPE, CAMARADA.
TOC
BUMP
DANE-SE MEU MEDO.
PRA DENTRO, CAMPEÃO. TELHADO LIMPO.
PUTZ!... ESTÁ SE MEXENDO.
VAMOS, RAFA, QUE AINDA TEMOS TRABALHO. NOSSA, VOCÊ ESTÁ PÁLIDO.
NÃO SERVEM PRA NADA... INTELECTUAIS, ISSO QUE SÃO, UM PAR DE INTELECTUAIS... OUÇA, O RAFA EU ENTENDO, MAS... VOCÊ NÃO ERA QUASE MÉDICO? NUNCA VIU PERNAS SOLTAS POR AÍ.
SE MEXENDO, NÃO.
BUAAAARK
NÃO É A PERNA, CARA, NÃO É A PERNA. DANE-SE MEU MEDO. DANE-SE A MISSÃO.

E ASSIM, CASA POR CASA E TELHADO POR TELHADO, KRASTNO É TOMADA EM MENOS DE MEIA HORA.
SEM NOVIDADES, MEU TENENTE. O PRIMEIRO BATALHÃO CONTROLOU O SETOR NORTE. DOZE FRANCO--ATIRADORES MORTOS E SEIS PRISIONEIROS. PERMANECERAM AÍ UNS VINTE CIVIS.
MAIS OU MENOS COMO DO NOSSO LADO.
E O COMANDANTE DISSE QUE OS OFICIAIS SE APRESENTEM IMEDIATAMENTE NA PORTA DA IGREJA PARA INSTRUÇÕES.
ESTOU INDO. OBRIGADO, SARGENTO. LEVE ALGUNS CIVIS PARA QUE MOSTREM ONDE OS RUSSOS PUSERAM MINAS... E NÃO OS MALTRATE DE JEITO NENHUM.
AÍ VÊM OS *BRANQUELOS*. CARAMBA, COMO MASSACRARAM OS RUSSOS! OS QUE FICARAM VIVOS JÁ DEVEM ESTAR A DEZ QUILÔMETROS! QUE JEITO DE CORRER!
SE ESSES RUSSOS TIVESSEM IDO AOS JOGOS DE BERLIM, TERIAM GANHADO UM CAMINHÃO DE MEDALHAS. STALIN OS TREINOU BEM... PARA O CASO DE CHEGAR A LEGIÃO.
VIVA A LEGIÃO!!!
EI, QUATRO OLHOS, PERGUNTE AO CAVALHEIRO LEGIONÁRIO O QUE ELE LEVA NO SAQUINHO.
O QUE LEVA NO SAQUINHO, CAVALHEIRO LEGIONÁRIO?
ORELHAS.
NÃO GOSTARIAM DE SABER PARA QUE QUEREM AS ORELHAS DOS RUSSOS? VAMOS VER... PERGUNTE, RAPAZ.
PARA QUE QUER AS ORELHAS DOS RUSSOS, CAVALHEIRO LEGIONÁRIO?
PRA PÔR NA SOPA.
HAHA! HAHA!
MAS NÃO SE ASSUSTEM TANTO, OS RUSSOS JÁ ESTAVAM MORTOS.
TRANQUILO, SANTI. HOJE À NOITE VOCÊ SE METE NO BOSQUE. VAI ENCONTRAR AS LINHAS RUSSAS... É SÓ CAMINHAR PARA O LESTE... DANE-SE MINHA SOMBRA.

*N. do T.: "Panienka" significa "moça" em polonês.

PERDI O ESCAPULÁRIO.
PERDI OS NEGATIVOS.
ATENÇÃO! ATENÇÃO!
MINHA MÃO.
ESTÁ ALI.
TENHO QUE CHEGAR...
DE UNHAS CURTAS.
SANTI!

MARTA, ESTOU INTEIRO?
ESTÁ INTEIRO, SANTI.
ESTAMOS EM KRASTNO, NA ENFERMARIA... NEM PRECISOU TRANSFERIR VOCÊ PARA GRIGOROVO, PARA O HOSPITAL DA DIVISÃO.
VOCÊ ESTÁ COM FEBRE ALTA HÁ DOIS DIAS, MAS NÃO ESTÁ FERIDO. FOI SÓ UM CHOQUE PELA ONDA EXPANSIVA... E OS ÓCULOS PARTIDOS.
E FLORIANO?
MORREU NO MOMENTO DA EXPLOSÃO. NEM SE DEU CONTA.
FICOU MUITO...?
MELHOR NÃO PERGUNTAR. VAMOS, TOME ISTO PARA A FEBRE E DURMA. ESTÁ PRECISANDO.
SENHORITA RUBIO, DEVOLVA O ESCAPULÁRIO A AMADO ROJO, JÁ ESTÁ NOVAMENTE EM CONDIÇÕES DE REZAR.
OU VOCÊ NÃO É MUITO DE REZAR?
O QUE VOCÊ GUARDAVA DENTRO DO ESCAPULÁRIO, AMADO ROJO?
EU... EU NÃO...
CAPITÃO ASTORGA!
ÀS SUAS ORDENS, MEU COMANDANTE.
VENHA PARA FORA, TEMOS QUE FALAR DO CONSELHO DE GUERRA.
NÃO VAI SE LIVRAR, AMADO ROJO.
SENHORITA RUBIO, ME DÁ UMA MÃO AQUI.
ESTOU INDO, TENENTE.
NÃO TEM JEITO... VAI PARA O PAREDÃO, SANTI.
DESCULPE, PAPAI, FIZ O QUE PUDE.

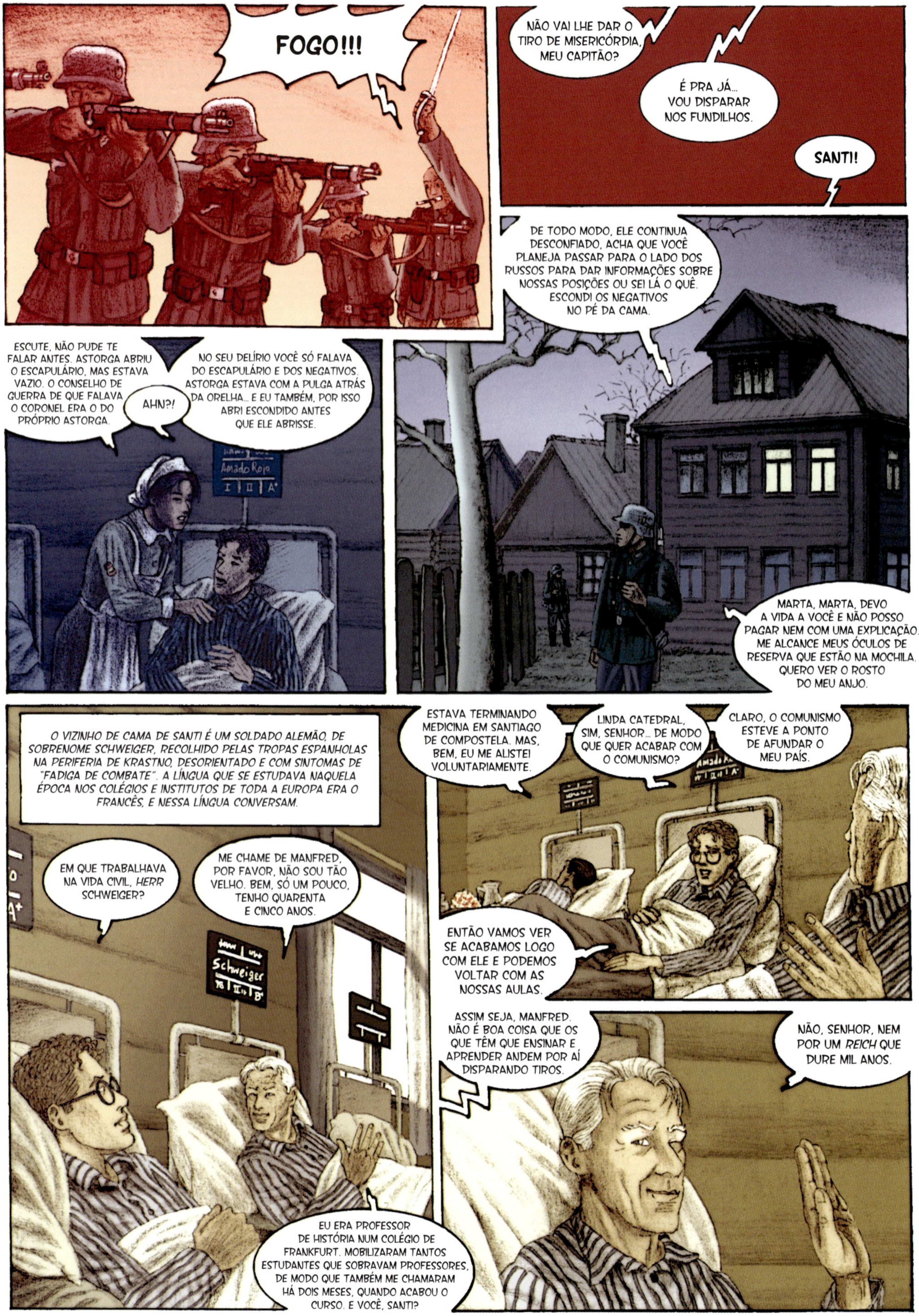
FOGO!!!
NÃO VAI LHE DAR O TIRO DE MISERICÓRDIA, MEU CAPITÃO?
É PRA JÁ... VOU DISPARAR NOS FUNDILHOS.
SANTI!
ESCUTE, NÃO PUDE TE FALAR ANTES. ASTORGA ABRIU O ESCAPULÁRIO, MAS ESTAVA VAZIO. O CONSELHO DE GUERRA DE QUE FALAVA O CORONEL ERA O DO PRÓPRIO ASTORGA.
AHN?!
NO SEU DELÍRIO VOCÊ SÓ FALAVA DO ESCAPULÁRIO E DOS NEGATIVOS. ASTORGA ESTAVA COM A PULGA ATRÁS DA ORELHA... E EU TAMBÉM, POR ISSO ABRI ESCONDIDO ANTES QUE ELE ABRISSE.
Amado Rojo
DE TODO MODO, ELE CONTINUA DESCONFIADO, ACHA QUE VOCÊ PLANEJA PASSAR PARA O LADO DOS RUSSOS PARA DAR INFORMAÇÕES SOBRE NOSSAS POSIÇÕES OU SEI LÁ O QUÊ. ESCONDI OS NEGATIVOS NO PÉ DA CAMA.
MARTA, MARTA, DEVO A VIDA A VOCÊ E NÃO POSSO PAGAR NEM COM UMA EXPLICAÇÃO. ME ALCANCE MEUS ÓCULOS DE RESERVA QUE ESTÃO NA MOCHILA. QUERO VER O ROSTO DO MEU ANJO.
O VIZINHO DE CAMA DE SANTI É UM SOLDADO ALEMÃO, DE SOBRENOME SCHWEIGER, RECOLHIDO PELAS TROPAS ESPANHOLAS NA PERIFERIA DE KRASTNO, DESORIENTADO E COM SINTOMAS DE "FADIGA DE COMBATE". A LÍNGUA QUE SE ESTUDAVA NAQUELA ÉPOCA NOS COLÉGIOS E INSTITUTOS DE TODA A EUROPA ERA O FRANCÊS, E NESSA LÍNGUA CONVERSAM.
EM QUE TRABALHAVA NA VIDA CIVIL, HERR SCHWEIGER?
ME CHAME DE MANFRED, POR FAVOR, NÃO SOU TÃO VELHO. BEM, SÓ UM POUCO, TENHO QUARENTA E CINCO ANOS.
Schweiger
EU ERA PROFESSOR DE HISTÓRIA NUM COLÉGIO DE FRANKFURT. MOBILIZARAM TANTOS ESTUDANTES QUE SOBRAVAM PROFESSORES, DE MODO QUE TAMBÉM ME CHAMARAM HÁ DOIS MESES, QUANDO ACABOU O CURSO. E VOCÊ, SANTI?
ESTAVA TERMINANDO MEDICINA EM SANTIAGO DE COMPOSTELA. MAS, BEM, EU ME ALISTEI VOLUNTARIAMENTE.
LINDA CATEDRAL, SIM, SENHOR... DE MODO QUE QUER ACABAR COM O COMUNISMO?
CLARO, O COMUNISMO ESTEVE A PONTO DE AFUNDAR O MEU PAÍS.
ENTÃO VAMOS VER SE ACABAMOS LOGO COM ELE E PODEMOS VOLTAR COM AS NOSSAS AULAS.
ASSIM SEJA, MANFRED. NÃO É BOA COISA QUE OS QUE TÊM QUE ENSINAR E APRENDER ANDEM POR AÍ DISPARANDO TIROS.
NÃO, SENHOR, NEM POR UM REICH QUE DURE MIL ANOS.

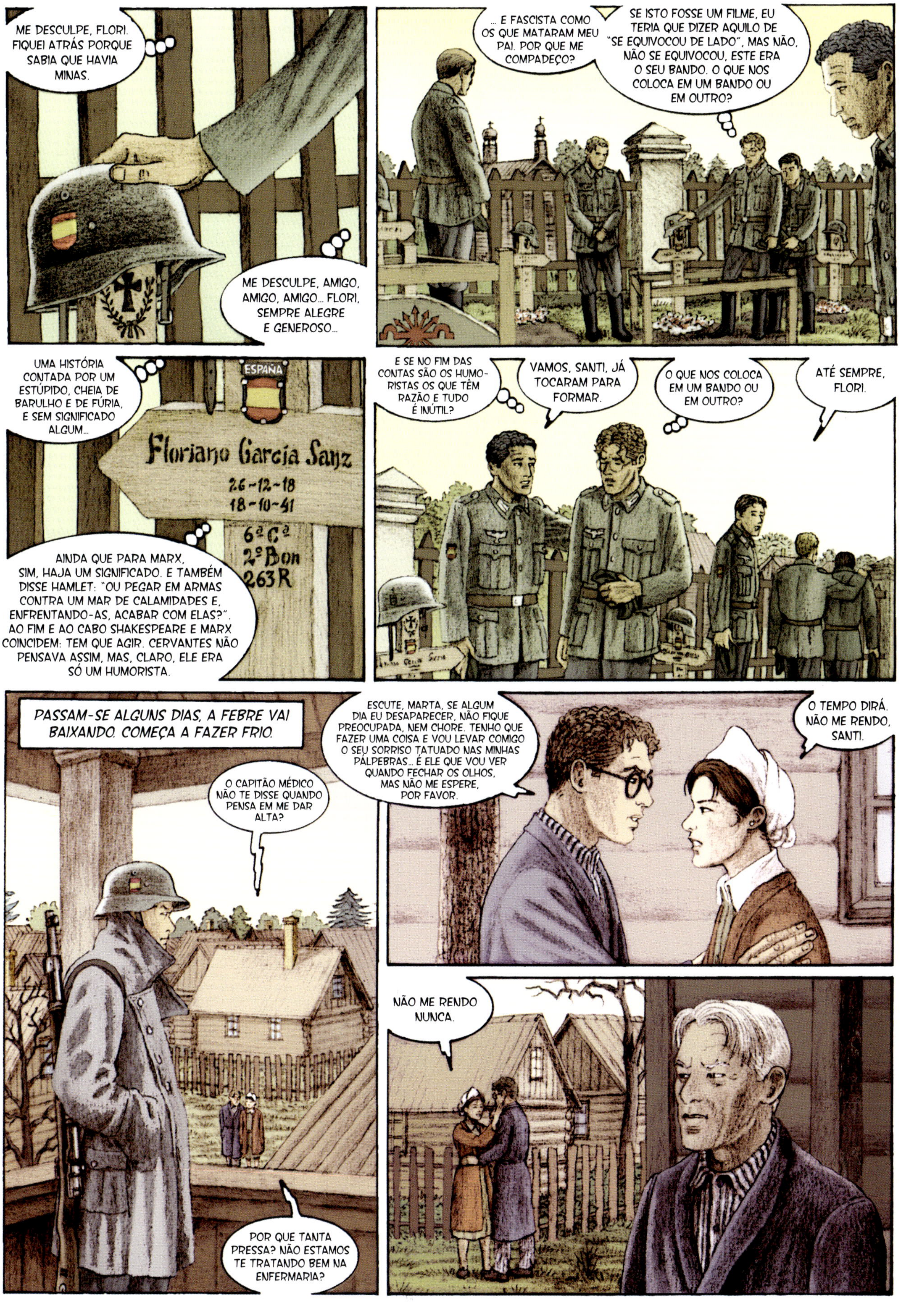
ME DESCULPE, FLORI. FIQUEI ATRÁS PORQUE SABIA QUE HAVIA MINAS.
ME DESCULPE, AMIGO, AMIGO, AMIGO... FLORI, SEMPRE ALEGRE E GENEROSO...
... E FASCISTA COMO OS QUE MATARAM MEU PAI. POR QUE ME COMPADEÇO?
SE ISTO FOSSE UM FILME, EU TERIA QUE DIZER AQUILO DE "SE EQUIVOCOU DE LADO", MAS NÃO, NÃO SE EQUIVOCOU, ESTE ERA O SEU BANDO. O QUE NOS COLOCA EM UM BANDO OU EM OUTRO?
UMA HISTÓRIA CONTADA POR UM ESTÚPIDO, CHEIA DE BARULHO E DE FÚRIA, E SEM SIGNIFICADO ALGUM...
ESPAÑA
Floriano García Sanz
26-12-18
18-10-41
6ª Cª
2º Bon
263R
AINDA QUE PARA MARX, SIM, HAJA UM SIGNIFICADO. E TAMBÉM DISSE HAMLET: "OU PEGAR EM ARMAS CONTRA UM MAR DE CALAMIDADES E, ENFRENTANDO-AS, ACABAR COM ELAS?". AO FIM E AO CABO SHAKESPEARE E MARX COINCIDEM: TEM QUE AGIR. CERVANTES NÃO PENSAVA ASSIM, MAS, CLARO, ELE ERA SÓ UM HUMORISTA.
E SE NO FIM DAS CONTAS SÃO OS HUMORISTAS OS QUE TÊM RAZÃO E TUDO É INÚTIL?
VAMOS, SANTI, JÁ TOCARAM PARA FORMAR.
O QUE NOS COLOCA EM UM BANDO OU EM OUTRO?
ATÉ SEMPRE, FLORI.
PASSAM-SE ALGUNS DIAS, A FEBRE VAI BAIXANDO. COMEÇA A FAZER FRIO.
O CAPITÃO MÉDICO NÃO TE DISSE QUANDO PENSA EM ME DAR ALTA?
POR QUE TANTA PRESSA? NÃO ESTAMOS TE TRATANDO BEM NA ENFERMARIA?
ESCUTE, MARTA, SE ALGUM DIA EU DESAPARECER, NÃO FIQUE PREOCUPADA, NEM CHORE. TENHO QUE FAZER UMA COISA E VOU LEVAR COMIGO O SEU SORRISO TATUADO NAS MINHAS PÁLPEBRAS... É ELE QUE VOU VER QUANDO FECHAR OS OLHOS, MAS NÃO ME ESPERE, POR FAVOR.
O TEMPO DIRÁ. NÃO ME RENDO, SANTI.
NÃO ME RENDO NUNCA.

HÁ CARTAS QUE VOAM COMO BORBOLETAS...

...E POUSAM COMO PUNHAIS.

O CORREIO... CORREIO DA ESPANHA!

FUZILARAM O SEU IRMÃO.

NANDO, NANDO...

SINTO MUITO, MARTA... SINTO MUITO.

SENHORITA RUBIO, VOLTE IMEDIATAMENTE AO TRABALHO.

COM SUA LICENÇA, MEU CAPITÃO, QUEM DEVE DECIDIR ISSO É O CAPITÃO MÉDICO.

PLAS

QUE ESCÂNDALO É ESTE?

CAPITÃO, ISTO É UMA GUERRA E É PRECISO QUE TODO MUNDO...

SILÊNCIO, CAPITÃO, CALE A BOCA. POR ANTIGUIDADE ESTOU NUMA POSIÇÃO SUPERIOR À SUA, ENTÃO ORDENO QUE VOLTE AO SEU POSTO DE INTENDÊNCIA E NÃO VENHA AQUI A NÃO SER QUE ESTEJA DOENTE E PRECISE DE TRATAMENTO.

55

* N. do T.: Em alemão, "Não quero morrer".

TENHO SÓ UNS MINUTOS. PRECISO AGIR RÁPIDO.
O CAPITÃO MÉDICO SAIU E COSTUMA DEIXAR A PISTOLA NA SUA SALA.
AÍ ESTÁ ELA.
PERFEITO, AS CHAVES ESTÃO NO CONTATO.
SIM, SCHWEIGER, MANFRED SCHWEIGER. DEVE TER SAÍDO PARA TOMAR UM AR. SE DEREM UMA VOLTA AQUI POR PERTO, O ENCONTRARÃO. NÃO COSTUMA IR MUITO LONGE.
SANTI! PODE VIR AQUI UM MINUTO?
SCHWEIGER ESCAPOU... E LEVOU OS NEGATIVOS.

QUANDO ESSES HOMENS CHEGARAM... NÃO SEI, TIVE UM PRESSENTIMENTO. FUI OLHAR NO PÉ DA CAMA E OS NEGATIVOS NÃO ESTAVAM LÁ. TALVEZ ELE TENHA ME VISTO OS ESCONDENDO AQUELA NOITE. ESSE TIPO É ESTRANHO... NUNCA TE DISSE, MAS ELE NOS ESPIAVA QUANDO PASSEÁVAMOS.

QUANDO OS ALEMÃES SAÍRAM PARA BUSCÁ-LO, VI QUE TINHA ESQUECIDO O CASACO, TALVEZ PELA PRESSA. REVISTEI CADA CENTÍMETRO, PERCEBI ALGO DENTRO DO FORRO E ABRI COM UMA TESOURA.

OS NEGATIVOS NÃO ESTAVAM, MAS ACHEI UM MAPA COM UMAS COORDENADAS ANOTADAS A LÁPIS. TINHA TAMBÉM UMA CRUZ MARCADA EM UM PONTO, À MARGEM DE UM LAGO, A UNS CINQUENTA QUILÔMETROS AO LESTE, DEPOIS DAS LINHAS RUSSAS.

DANE-SE!!!

NÃO ADIANTA SE DESESPERAR. HOJE MESMO, À NOITE, VOCÊ FOGE E VAI PARA ESSE LUGAR. ÀS QUINZE PRAS DEZ, QUANDO SOAR O TOQUE DE RECOLHER, ESTAREI ONDE VOCÊ ME DISSER, COM ALIMENTOS E UMA BÚSSOLA.

SAIREI DOS FUNDOS DO ARMAZÉM DE GRÃOS, ONDE AGORA ESTÃO DORMINDO AS MULAS... EU SEI QUE ASTORGA ANDA POR ALI, MAS É O ÚNICO PONTO DO QUAL AS SENTINELAS GUARDAM UMA DISTÂNCIA DE OITENTA OU NOVENTA METROS.

SANTI, SANTI... VOCÊ VAI ENCONTRÁ-LO, VOCÊ VAI VER. VOCÊ VAI VER QUE NÃO ACONTECERÁ NADA COM VOCÊ. TE AMO LOUCAMENTE.

OBRIGADO POR TUDO, MARTA.

CAI A NOITE EM KRASTNO.

JÁ FAZ UM MINUTO QUE TOCARAM O ALARME E NEM SOMBRA DA MARTA. NÃO PERCA A CALMA, SANTI. SE ELA NÃO VIER, VOCÊ VAI COMO ESTÁ. O MAIS IMPORTANTE É O MAPA, E ELE ESTÁ NO SEU BOLSO.

BOA NOITE, AMADO ROJO... OU DEVO DIZER "SALVE, CAMARADA"?

VEJO QUE ESTÁ VIOLANDO O TOQUE DE RECOLHER... AONDE IA, VERMELHINHO? ENCONTRAR SEUS AMIGOS? AGORA MESMO VAMOS ATÉ O CORONEL E VOCÊ SE EXPLICA PRA ELE. MAS ANTES VOCÊ VAI ESVAZIAR O BOLSO. TENHO CERTEZA DE QUE ENCONTRAREMOS COISAS INTERESSANTES.

VOCÊ CAIU, PEDAÇO DE ASNO... E TAMBÉM ESSA ENFERMEIRA ASSANHADINHA... COM CERTEZA ESTÁ ENVOLVIDA. EU MESMO VOU FAZER COM QUE A INTERROGUEM A FUNDO.

SOC
MAIS UMA VEZ, SUPERMARTA. NÃO HÁ OURO NO MUNDO PRA EU PAGAR TUDO O QUE LHE DEVO.
TENTE COM O FAMOSO OURO DE MOSCOU.
TÁ BOM, LÁ VEM VOCÊ COM SUAS PIADAS. AGORA TEM QUE VIR COMIGO... O SEU COLEGA TEM UMA BELA FENDA NA CABEÇA, MAS DISSO NÃO VAI MORRER. VAMOS, ME AJUDE A TIRAR A ROUPA DELE. VESTIDA COMO ESTÁ, VOCÊ NÃO CHEGA MUITO LONGE.
QUE TAL AS BOTAS?
BEM, PORQUE LEVO MEUS SAPATOS POR BAIXO. ESSE CARA DEVE CALÇAR QUARENTA E SEIS.
SÓ QUEM JÁ CAMINHOU POR TERRENO NEVADO POR DEZ HORAS SEM PARAR SABE A FOME QUE SE PODE SENTIR.
A GENTE DEVE TER ANDADO 20 OU 25 QUILÔMETROS E FALTA OUTRO TANTO... OS LUGARES ESTÃO COINCIDINDO... A PONTE QUE ACABAMOS DE ATRAVESSAR É ESTA.
EI, NÃO IA ME ENSINAR COMO SE USA A PISTOLA DO CAPITÃO? SERÁ BOM QUE EU SAIBA EM CASO DE APURO.
É PRA JÁ, É MUITO FÁCIL. COMEÇA TIRANDO A TRAVA... E A SMEISSER NÃO É MUITO MAIS COMPLICADA. TAMBÉM JÁ TE EXPLICO.
É MEIO-DIA E ALGO SE MOVE AO LONGE.
SIM, É UM COMBOIO RUSSO... DEVEM SER DOIS OU TRÊS BATALHÕES E LEVAM ARTILHARIA PESADA. ACABOU O TEMPO DO MORTEIRINHO. STALIN DEVE TER DITO QUE JÁ CHEGA DE BRINCADEIRA NO *FRONT* OCIDENTAL.
BEM, VAMOS PROCURAR LOGO UM BOM LUGAR PRA GENTE SE ESCONDER, VAI QUE DEPOIS TEM FILA...
CONTEI MAIS DE CEM PEÇAS DE ARTILHARIA.
DEUS DO CÉU, OS NOSSOS SERÃO BOMBARDEADOS! NÃO QUERO NEM PENSAR...
OS NOSSOS? VOCÊ É GRANDE, MARTA, SABE PERDOAR.

8
Uma casa no bosque

APÓS EVITAREM OUTROS ENCONTROS COM PATRULHAS RUSSAS E COM MORADORES DO LUGAR, A TARDE COMEÇA A CAIR. JÁ NÃO ESTÃO MUITO LONGE DO PONTO MARCADO.
ESCUTA, VOCÊ NÃO ACHA QUE SCHWEIGER PODE SER UM CONTATO QUE OS RUSSOS TE MANDARAM PARA PEGAR OS NEGATIVOS?
NÃO É IMPOSSÍVEL, MAS ELE TEVE TEMPO DE SOBRA PARA SE IDENTIFICAR E NÃO FEZ ISSO. PELA LÓGICA, DEVERIA SABER MEU NOME.
NÃO SEI. A ESSAS HORAS JÁ NÃO DESCARTO NADA. PODE SER UM ESPIÃO BRITÂNICO. TENHO CERTEZA DE QUE ESTÃO ATRÁS DAS PESQUISAS ATÔMICAS ALEMÃS... ALÉM DISSO...
SANTI, OLHA ALI EMBAIXO!
A MOTO QUE ELE ROUBOU!
627
DEPOIS DE TIRAR A NEVE DE CIMA E DE UMA DÚZIA DE TENTATIVAS...
BRROOOOOOM
SIM, TINHA GASOLINA.
FIM DA DOR DOS MEUS PÉS... MAS VEJA, SE TINHA GASOLINA, POR QUE A ABANDONOU? AINDA MAIS AQUI EMBAIXO...
É CLARO QUE TENTOU ESCONDÊ-LA E A COBRIU COM NEVE, CASO O ESTIVESSEM SEGUINDO. O SOL QUE FEZ HOJE DERRETEU UMA PARTE.
NO MAPA ESTÃO MARCADAS DUAS ALTERNATIVAS... AS DUAS LEVAM AO DESTINO FINAL, MAS A DA ESQUERDA É MAIS CURTA... E TEM DE ATRAVESSAR UM PAR DE MONTANHAS.
POR ALGUMA RAZÃO ELE TEVE QUE OPTAR POR ESSA ROTA E DEVE TER PENSADO QUE A MOTO NÃO LHE SERIA ÚTIL NESSE TERRENO.
627
EU NÃO CONCORDO. VAMOS LÁ. MOTO ALEMÃ CONFIÁVEL E DOIS ESPANHÓIS LOUCOS EM CIMA. BOA COMBINAÇÃO.
MAS VOCÊ DOMINA A...?
PILOTEI MUITAS VEZES A DUCATI DE JAVI PAZ EM SANTIAGO... SE LEMBRA DO JAVI?
SIM, MAS NÃO VÁ COMO UM LOUCO, HEIN?

MEIA HORA MAIS TARDE...
ACHA QUE AINDA TEM BASTANTE GASOLINA?
NÃO SEI. ACABOU A SUBIDA. AGORA VOU DESCER COM O MOTOR DESLIGADO PARA ECONOMIZAR.
QUANDO VOLTAR A SUBIDA, LIGO NOVAMENTE, TUDO BEM?
NÃO. ME SENTI MAIS SEGURA QUANDO ANDEI DE MONTANHA--RUSSA.
MAS AQUELA ERA DE MENTIRA. ESTA, SIM, É QUE É UMA MONTANHA--RUSSA.
CARACA...!
MARTA, VOCÊ ESTÁ BEM?
ESTOU BEM, MAS ME FAZ UM FAVOR...
ME BEIJA, IMBECIL.
PEDAÇO DE... POR QUE DEMOROU TANTO?
ROOOOOOM
ESTÁ VINDO UM CARRO DALI.
RÁPIDO, LIGUE A MOTO E VAMOS POR ESSA PISTA QUE DESCE. PASSARÃO DIRETO.

UFA... POR UM TRIZ.
ESPERO QUE ESTEJAM COM OS VIDROS EMBAÇADOS.
RODOOM
BRRAOOOM
SANTI, NÃO PASSARAM DIRETO. ESTÃO VINDO ATRÁS... ACHO QUE NÃO NOS VIRAM PORQUE VÊM DEVAGAR.
O CAMINHO ACABA NUMA CASA. DEVEM ESTAR INDO PARA LÁ... A QUESTÃO É ONDE NÓS NOS METEMOS... VOU DESVIAR POR AQUI E NOS ESCONDEMOS... ASSIM QUE PASSAREM, SUBIMOS OUTRA VEZ PARA A ESTRADA.
UM MINUTO DEPOIS...
ADEUS, BLINDADINHO... QUE BICHO MAIS FEIO!
VENHA, ME AJUDE A LEVANTAR A MOTO E EU ARRANCO.
SIQUISIQUISIQUISIC
MERDA, NÃO PEGA! O MOTOR DEVE TER AFOGADO QUANDO A DEITAMOS.
OU ACABOU A GASOLINA... TANTO FAZ, VAMOS A PÉ.
TAÇATAC TAÇATACATAC
MARTA, PRO CHÃO!!!
É NA CASA. VOCÊ NÃO IA GOSTAR DE VER O QUE ESTOU VENDO. OS DO BLINDADO SE JUNTARAM COM OUTROS SOLDADOS QUE ESTAVAM ALI... ESTÃO RINDO... ACABAM DE FUZILAR TRÊS CIVIS... TRÊS HOMENS... CARAMBA...
HÁ TAMBÉM DUAS MULHERES. UMA DELAS DESMAIOU E ESTÃO TENTANDO REANIMÁ-LA. ESTÃO MORRENDO DE RIR... PELO VISTO, É FALTA DE EDUCAÇÃO FUZILAR ALGUÉM DESMAIADO, TÊM QUE REANIMÁ-LA PRIMEIRO.
ME DÁ O BINÓCULO.
CARAMBA. UMA COISA É FAZER A GUERRA, OUTRA É ASSASSINAR... ESSES PORCOS SÃO DA MESMA LAIA DOS QUE MATARAM SEU PAI E SEU IRMÃO... NÃO VOU PERMITIR ISSO, SANTI. ESTOU COM A *LUGER* NO CINTO. VAMOS ATRÁS DELES.
ESCUTE, MARTA, VAMOS NOS APROXIMAR EM SILÊNCIO E QUANDO EU DER UM SINAL NOS SEPARAMOS PARA ABRIR O ÂNGULO DE TIRO. ESPERE ATÉ QUE EU DISPARE PRIMEIRO UMA SARAIVADA, DAÍ VOCÊ MIRA NOS QUE FICARAM DE PÉ. NÃO SE ESQUEÇA DE TIRAR A TRAVA.
DE PÉ, SUA BURGUESA INDECENTE. TEM QUE CANTAR A INTERNACIONAL ANTES DE MORRER.
RAÇATAC

RAÇATAC
RAÇATAÇATAC
PAM
PAM
PAM
RAÇATAÇATAC
SUBA, RÁPIDO!
SANTI, SUBA!
DROGA, TEM MAIS SOLDADOS NA CASA.
SANTI, SUBA, PELO QUE TE É MAIS SAGRADO!
CLANGA CLANG
PERFEITO, TEM AS MARCHAS IGUAL A UM CARRO... VAMOS VER... AGORA A TERCEIRA.
MAS VOCÊ SABE DIRIGIR?
TACATACATAC
PAC PAC
JÁ ESTÁ VENDO QUE SIM. UMA VEZ BARCALA ME DEIXOU LEVAR SEU CARRO POR... SE LEMBRA DO BARCALA?
SIM, MAS AGORA ACERTA BEM A SAÍDA... DEIXA VER SE DESEMBAÇO O VIDRO.
DROGA, EU TINHA QUE TER FURADO OS PNEUS DO OUTRO BLINDADO.
VERDADE... O BLINDADO ESTARIA INÚTIL E VOCÊ, MORTO.
CREDO, MARTA. SEGUIMOS O CAMINHO, NÉ?
POIS É, E BEM ESCOLTADOS, TEMO...

9
Um lago gelado

SANTI, VAMOS CAPOTAR!
DESCULPE, TENHO QUE IR EM ZIGUE-ZAGUE.
BAM
VÃO NOS FRITAR!
NÃO TEMOS OUTRA OPÇÃO, VOU DESCER. ME DÊ A *SMEISSER* E PASSE PRA ESSE LADO.
SÓ TEM QUE SEGURAR O VOLANTE E PISAR DE LEVE NO PEDAL DA DIREITA.
QUANDO ESTIVER A CEM METROS, PISE FUNDO NO PEDAL DA ESQUERDA E SOLTE O PEDAL DA DIREITA. O CARRO ACABARÁ PARANDO.
MANTENHA PISADO ATÉ QUE EU VOLTE. SE SOLTAR, O CARRO VAI MORRER.
TACATAC
VEJAMOS, UMA *SMEISSER* TEM TRINTA E DUAS BALAS. QUANTAS SOBRARAM? OITO OU DEZ? TENHO QUE CONCENTRÁ-LAS NOS PNEUS OU ESTOU PERDIDO.
RACATAC RACATACATAC
FSSSSSSSSSSSSSS
CAPOTA, CAPOTA, CAPOTA!
PAC PAC

TAÇATAÇA TAC
PAC
DIRIGIR EM ZIGUE-ZAGUE... CORRER EM ZIGUE-ZAGUE.
VIVER EM ZIGUE-ZAGUE.
ZIU
CORRA, SANTI!!!
RÁPIDO, SUBA!!!
JÁ FORA DE PERIGO, SANTI CONVERSA COM AS DUAS MULHERES NO SEU RUSSO BÁSICO, MAS SUFICIENTE PARA SER ENTENDIDO.
PELO QUE ENTENDI, UM VIZINHO DENUNCIOU VOCÊS. CONTOU AOS COMISSÁRIOS POLÍTICOS QUE VOCÊS DERAM REFÚGIO E ALIMENTOS A UNS SOLDADOS ALEMÃES.
SOLDADOS ALEMÃES? MAS NESTA ZONA ELES NÃO CHEGARAM MAIS AO LESTE QUE OS ESPANHÓIS. TALVEZ SEJA UM COMANDO ESPECIAL... NÃO SEI, PARAQUEDISTAS.
NÃO EXISTEM TAIS SOLDADOS, MARTA. ESSE VIZINHO TINHA TIDO PROBLEMAS COM ELES PELOS LIMITES DA PROPRIEDADE, E OS COMISSÁRIOS ACREDITARAM PORQUE TAMBÉM NÃO IAM COM A CARA DELES. FAZIA TEMPO QUE OS TINHAM NA MIRA.
O AVÔ, QUE É UM DOS FUZILADOS, CUIDAVA DA CAPELA. VÁRIAS VEZES ESTIVERAM POR DECLARÁ-LOS "INIMIGOS DO POVO", E OLHA QUE ELES TÊM DOIS FILHOS NO *FRONT*.
POIS VÃO FICAR CONTENTES QUANDO SOUBEREM. E QUEM SÃO OS OUTROS DOIS FUZILADOS?
O MARIDO E O IRMÃO DESTA SENHORA. A MENINA É SUA FILHA. E ASSIM VOU CONHECENDO O "SOCIALISMO REAL", QUE NÃO É PRECISAMENTE O QUE MARX SONHAVA... EI, ESTOU VENDO O LAGO!
POR SEGURANÇA, ESCONDEM O BLINDADO NUM ARVOREDO. DEPOIS DE SE ABASTECEREM COM MANTAS, VÍVERES E UMA ARMA QUE HAVIA DENTRO DO VEÍCULO, COMEÇAM A PROCURAR POR ALGUM RASTRO DE SCHWEIGER. A NOITE VAI CHEGANDO, ÚMIDA E VESTIDA DE NEBLINA.
VAMOS ATÉ O ALTO DO MONTE. VAMOS VER SE AVISTAMOS ALGO. COM ESSE FRIO ELE TERIA PRECISADO DE FOGO.
MAS ASSIM SE ENTREGARIA.
TALVEZ LHE INTERESSE SE DE FATO ELE FICOU AQUI COM ALGUÉM. POR ALGUM MOTIVO TERÁ MARCADO ESTE PONTO NO MAPA.
OLHA ALI! UMA FOGUEIRA! VAMOS COM CUIDADO. VEJA QUANTAS BALAS AINDA TEM NA *LUGER* E TIRE A TRAVA. VOU LEVAR O *PAPASHA* TAMBÉM PRONTO PARA DISPARAR.
NÃO SE MEXA, SCHWEIGER! TIRE OS NEGATIVOS DE ONDE QUER QUE OS TENHA ESCONDIDO E PASSE PRA MIM BEM DEVAGAR.

* N. do T.: Em alemão, "Me quebrou o ombro!".

EU NÃO QUERIA FAZER ISSO... NÃO SOU COMUNISTA NEM PRÓ UNIÃO SOVIÉTICA... MUITO PELO CONTRÁRIO. ME PRESSIONARAM DESDE MOSCOU, POR MEIO DO PARTIDO COMUNISTA ALEMÃO, OU O QUE SOBROU DELE... QUATRO OU CINCO TIPOS QUE AINDA NÃO FORAM PRESOS. UM DELES FALOU COM OLGA, A MINHA MULHER. OLGA É RUSSA... MALDITO DESGRAÇADO! DISSE A ELA QUE SUA FAMÍLIA HAVIA SIDO PRESA, EM KURSK, ONDE MORAM.
A FAMÍLIA DELA, QUE FIQUE CLARO... ASSIM FAZ AS COISAS O PAPAIZINHO STALIN: OS PAIS, O IRMÃO E A IRMÃ COM SEUS CÔNJUGES E OS FILHOS. ONZE PESSOAS. QUERIAM DECLARÁ-LOS "INIMIGOS DO POVO". VOCÊ SABE O QUE SIGNIFICA ISSO, SANTI? VOCÊ É COMUNISTA.
JÁ NÃO SEI O QUE SOU, *HERR* EDELMANN... DAÍ TE PROPUSERAM UM TRATO, SIM? ONZE PESSOAS POR UNS GRAMAS DE CELULOIDE.
MAS VOCÊ SABE BEM QUANTO VALEM ESSES GRAMAS. SE OS DECLARASSEM "INIMIGOS DO POVO", SERIAM MANDADOS A UM GULAG... JÁ OUVIU FALAR DELES? CAMPOS DE INTERNAÇÃO NO MEIO DO NADA, TRABALHOS FORÇADOS, FRIO, FOME...
COSTUMAM MANDAR AOS QUE FICAM MAIS LONGE DE SUAS CASAS, E ISSO, NA RÚSSIA, SIGNIFICA FACILMENTE QUATRO OU CINCO MIL QUILÔMETROS. SEPARAM AS FAMÍLIAS EM CAMPOS DIFERENTES... MAS, SIM, SÃO MUITO HUMANOS, AS MÃES E OS FILHOS, ELES MANDAM PRA UM MESMO CAMPO.
E PODEM FICAR JUNTOS MEIA HORA POR DIA... AS CRIANÇAS FICAM EM BARRACÕES ESPECIAIS. CHAMAM DE "CRECHES".
FIZ O QUE ELES QUERIAM. DEI A ESSE RATO OS NEGATIVOS E DESDE ENTÃO NÃO FUI CAPAZ DE FAZER O QUE FAZ QUALQUER UM: DORMIR À NOITE. ENTÃO, EM VIGÍLIA PENSAVA... E ENTENDI MUITAS COISAS.
ALGUM DIA VOCÊ TERÁ FILHOS, SANTI. EU ESPERO QUE TENHA MAIS SORTE DO QUE EU. A MINHA FILHA MENOR, BERTHA, TEM UM CÂNCER DE FÍGADO. O MINISTÉRIO DO EXTERIOR NOS DEU PERMISSÃO PARA A RADIOTERAPIA NA SUÍÇA.
SANTI, POR FAVOR, VOCÊ PODE PEGAR UMA FOTO QUE TENHO NO BOLSO ESQUERDO DO CASACO?
UM SÁBADO, NA BASILEIA, EDELMANN SE CONVERTEU EM SCHWEIGER. FOI MOLEZA... TIRAR OS ÓCULOS, RASPAR O BIGODE, CORTAR O CABELO E DEIXAR DE TINGIR OS CABELOS BRANCOS... COM PASSAPORTE FALSO, ENTREI DE NOVO NA ALEMANHA.
A MINHA FAMÍLIA FICOU ALI A SALVO, COM DINHEIRO SUFICIENTE PARA VIVER... AS TRÊS TROCARAM DE PASSAPORTE E NOME. OLGA, KATIA E BERTHA. AGORA SÃO ANNA, DORIS E FRIDA KLEIN, SUPOSTAS REFUGIADAS JUDIAS.
VOCÊ SE ALISTOU PARA RECUPERAR OS NEGATIVOS... POR QUE, EDELMANN?
POR QUE QUERIA VOLTAR A DORMIR DE NOITE, SANTI.
DE FATO VOLTEI A DORMIR ASSIM QUE TOMEI A DECISÃO. UM AMIGO DE OLGA QUE TRABALHA NO NKVD LHE DISSE QUE A SUA FAMÍLIA JÁ ESTAVA A SALVO DESDE QUE OS NEGATIVOS SAÍRAM DAS MINHAS MÃOS.
INCLUSIVE LHE DEU O NOME DO CONTATO: UM TAL SANTIAGO AMADO ROJO, SEXTA COMPANHIA, SEGUNDO BATALHÃO, REGIMENTO 263.

SABIA QUE ESTAVAM EM KRASTNO, DE MODO QUE ME DESPISTEI DAS MINHAS LINHAS E ME FIZ PASSAR PELOS SEUS. FOI FÁCIL. SÓ TIVE QUE DIZER INCOERÊNCIAS: "FADIGA DE COMBATE". O QUE NÃO ESPERAVA ERA QUE ESTIVESSE NA MESMA ENFERMARIA... E NA CAMA DO LADO. UM ROTEIRISTA DE CINEMA NÃO TERIA IMAGINADO MELHOR. ÀS VEZES A VIDA TE DÁ UM PRESENTE.
DE QUALQUER MODO EU TERIA TE ENCONTRADO... NO FIM, O ABWEHR OU A GESTAPO, SEI LÁ, CONSEGUIU JUNTAR AS PONTAS E ME ENCONTRAR... COM MINHA FAMÍLIA NÃO ACHO QUE VAI ACONTECER O MESMO. QUERO ACREDITAR QUE FIZEMOS AS COISAS DIREITO. A SUA INVESTIGAÇÃO NÃO DEVE TER PASSADO PELA SUÍÇA.
PROVAVELMENTE DEVEM TER REVISADO UMA POR UMA AS FICHAS DE TODOS OS SOLDADOS ENVOLVIDOS DESDE O MEU DESAPARECIMENTO. O EXÉRCITO É UM BOM LUGAR PARA SE ESCONDER.
VOCÊ NÃO IMAGINA COMO SÃO METÓDICOS. ENCONTRARIAM UMA AGULHA NO PALHEIRO... QUARENTA E POUCOS ANOS, UM METRO E OITENTA E DOIS, HIPERMETROPE... ME ENCONTRARAM. ERA FÁCIL VER QUE NÃO EXISTIA O TAL SCHWEIGER.
FIQUEI LOUCO COM OS NEGATIVOS... ENFIM, POR ELIMINAÇÃO, TINHAM QUE ESTAR EM UM DOS PÉS DA CAMA... SIM, O ATAQUE DE PÂNICO FOI FINGIDO, PARA QUE EU PUDESSE ENTRAR EMBAIXO DELA.
ANDE, ME AJUDE A ME VESTIR... O CARREGADOR DO *PAPASHA* ME ALIVIOU A INFLAMAÇÃO, MAS ESTÁ GELANDO O MEU CORPO.
MAS POR QUE NÃO CONSEGUIA DORMIR, EDELMANN? AS SUAS INVESTIGAÇÕES APROXIMAVAM HITLER DA BOMBA ATÔMICA... HITLER SIM E OS RUSSOS NÃO?
JÁ TE DISSE QUE NÃO PENSAVA... TRABALHAVA PARA MEU PAÍS. ERA DINHEIRO, FESTAS, CAVIAR... UMA VEZ, NA ÓPERA, FOI A SOPRANO QUEM VEIO ME PEDIR UM AUTÓGRAFO... SOMOS ASSIM, SANTI, MUITO IMBECIS.
O CÂNCER DE BERTHA COMEÇOU A ME MUDAR. AGORA NÃO QUERO BOMBAS ATÔMICAS NEM NA ALEMANHA NEM EM NENHUM LUGAR... VOU ME DEDICAR À PESQUISA NUCLEAR, MAS PARA CURAR TUMORES.
BROOOM
É UM AVIÃO INGLÊS. VEIO ME BUSCAR PARA ME LEVAR A LONDRES, E DEPOIS ME LEVARÃO AOS ESTADOS UNIDOS... FIZERAM UM BOM LEVANTAMENTO PARA O PROJETO MANHATTAN.
O QUE NÃO ESTÃO ESPERANDO É QUE UMA VEZ ALI EU PONHA A MÃO NA CONSCIÊNCIA... SÓ TUMORES.
SE QUISER, VENHA COMIGO, SANTI... SENÃO, FIQUE NO SEU PARAÍSO COMUNISTA E CUMPRA SUA MISSÃO.
EU TAMBÉM QUERO DORMIR À NOITE, *HERR* EDELMANN.
CINCO MINUTOS DEPOIS...
HERR EDELMANN... SE NÃO QUER COLABORAR COM O PROJETO MANHATTAN, PARA QUE CONSERVOU OS NEGATIVOS?
ERAM A MINHA CARTA DE APRESENTAÇÃO. QUERIA IMPRESSIONÁ-LOS... POBRES INGÊNUOS, AINDA UTILIZAM O MÉTODO DE DECANTAR O URÂNIO... NA ALEMANHA O ESTÃO CENTRIFUGANDO, É MUITO MAIS RÁPIDO... MAS NÃO VOU DIZER ISSO A ELES.
DE QUALQUER FORMA, SEI OS DOCUMENTOS DE COR, DA MESMA FORMA COMO EU HAVIA MEMORIZADO O MAPA PARA CHEGAR AQUI... É COMO DEVE SER UM GENIOZINHO: TEM MEMÓRIA FOTOGRÁFICA, MAS FOGE DE PIJAMA SEM QUE SE DEEM CONTA.
CLARO QUE ANTES DE FOTOGRAFAR OS DOCUMENTOS OS ALTEREI DE PROPÓSITO... TROQUEI PARÂMETROS E COEFICIENTES À BEÇA. OS MEUS COLEGAS DA ALEMANHA VÃO ARMAR UMA GRANDE CONFUSÃO... CONSEGUIRÃO RECONSTRUIR, MAS PERDERÃO BASTANTE TEMPO... E ENQUANTO ISSO O GRANDE MEMO DE ADOLF IRÁ SE ATOLANDO NA NEVE.

COMO BONAPARTE.
QUE IMBECIS SOMOS, SANTI!
MARTA, DO QUE VOCÊ GOSTA MAIS, DO CHÁ DAS CINCO OU DOS *HOT DOGS*?... PORQUE O QUEIJO *CAMEMBERT* TAMBÉM NÃO CAI MAL.
IA TE PROPOR NO AVIÃO, SANTI. ACHO QUE HÁ ESCASSEZ DE SANITÁRIOS NA RESISTÊNCIA FRANCESA.
POIS QUE CONTEM COM DOIS MAIS.
E SE VOCÊ SE ARREPENDER, RAPAZ... SEMPRE SOBRARÁ MOSCOU.
HERR EDELMANN?
SOU EU... ESTES SÃO AMIGOS, VÊM COM A GENTE.
ADIANTE, TEM LUGAR PARA TODOS.
A NOITE CAIU SOBRE O LAGO GELADO, ÚMIDA E CARREGADA DE SONHO... AS PÁLPEBRAS PESAM.
NÃO FALE COM ELA, SANTI... ESTÁ DORMINDO.
MARTA, TENHO QUE TE DIZER UMA COISA.
EU TAMBÉM TE AMO, TE AMO LOUCAMENTE... COMO UM IMBECIL.
POIS SORRIU.

Livro composto com fonte
SF Wonder Comic, corpo 6, impresso
em papel couché 115 g/m² por
Bercrom gráfica e editora.